DÉPÔT LÉGAL
Finistère
N° 59
1930

G. Corolleur

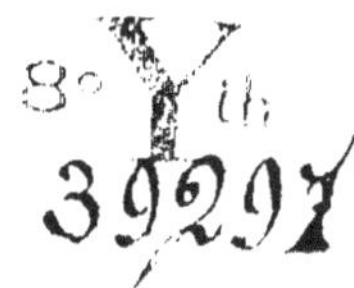

AF454381

Le Sonneur

8° Y th
39297

Le Sonneur

DÉPOT LÉGAL
Finistère
N° 59
1930

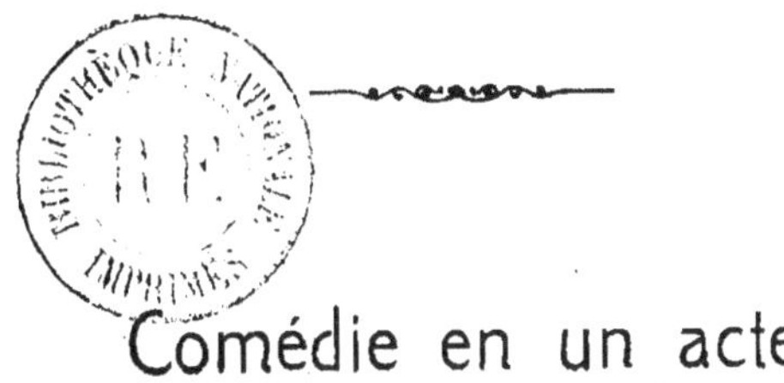

Comédie en un acte

PERSONNAGES

Le Marquis de Benfart, Seigneur breton.

Le Sire Henri de Fegel-Bras, Gentilhomme.

Xifert, garde-chasse du Marquis.

Georget, garçonnet.

Reine de Benfart, fille du Marquis.

Madame de Fegel-Bras, mère du Sire de ce nom.

Françoise, servante de Reine de Benfart.

Perrine, tante de la précédente.

ACTE UNIQUE

Un rond-point dans un bois — Au centre, un chêne abattu

SCÈNE PREMIÈRE

Le marquis de Benfart (en chasseur). Le garde Xifert.

LE MARQUIS

Voyons, Xifert, comment cela se peut-il voir ?
Avant hier j'ai chassé du matin jusqu'au soir ;
Hier, sur mes marais du soir jusqu'à l'aurore ;
Seulement trois canards ! Jadis, je voyais clore
Par vingt pièces au moins un tout pareil effort.
Sans doute, chaque nuit, tu dois faire le mort,
Ou dans ton lit soyeux ne chercher de querelle
Qu'à ta femme ou maudire une puce immortelle
Que tu chasses d'un geste imprudent et martyr.
Pour cela tu n'es pas sur ma terre un émir
Qui voit sous lui plier un nombreux domestique,
Piqueurs, rabatteurs, sans compter cette clique
Qui te suit quand je mets le tout entre tes mains.
Réponds

XIFERT

Seigneur, marquis de Benfart, les raisins
Ne sont toujours à ceux qui possèdent la vigne.
Vos paysans pour la vôtre ont la fièvre maligne,
Quand le désir vous prend de la croire à vous seul,
Et de se servir d'eux pour imiter l'aïeul.
Qui tuait, en un jour, sa dizaine de lièvres,
Tout autant de perdrix. ne closait yeux ni lèvres.
La nuit sans avoir mis dans son carnier d'amour
Plus de canards encor que de pièces le jour.
De plus, tous ces paysans, les vieux comme les jeunes,
Sont des plus empressés à dédaigner ces jeûnes
D'argent qu'il leur faudrait faire en prisant vos biens,
Et font suivre mes pas d'un nombre de vauriens,
Tous, fort dépenaillés et dignes des galères.
Lorsque du grand marais je longe les ornières
De droite, c'est à gauche un beau coup de fusil,
Dont j'aperçois la flamme et le bout de l'outil,
Mais jamais le tireur. Tout cela sans la lune.
Elle, c'est mon amie ; elle ne m'importune
Jamais ; son doux regard met en fuite nos loups,
Et, content, me ramène au plus vite chez nous,
De tous ces malfaiteurs, ce nom les ferait rire,
Un seul m'est bien connu.   (Il hésite)

LE MARQUIS

Son nom, ose le dire

XIFERT

Il en possède deux....

LE MARQUIS

Ne me fais donc languir.

XIFERT

Le sire de Fegel-Bras. C'est un vrai plaisir pour moi de le nommer.

LE MARQUIS

Ce parpaillot timide ?

XIFERT

Pour vos perdreaux, seigneur, il est fort intrépide.

LE MARQUIS

Pourquoi n'as-tu plus tôt dénoncé ses méfaits ?

XIFERT

Il est noble.

LE MARQUIS

Et vassal du moins pour certains faits
De ma chatellenie. Il doit, tu ne l'ingnores,
Par exemple, répandre en des notes sonores,
Chaque dimanche. sur notre pays chrétien
Les sons qu'il fait sortir de la cloche d'airain
De notre chapelle à Saint-Eloi dédiée
Pour faire connaître à la chaumière éloignée
Aux enfants dans les champs, gardeurs des grands troupeaux
Qu'il est temps pour le ciel de se faire farauds.
Et quand le vent vers moi vient de plus les répandre,
En pensant à celui qui me les fait entendre,
Il me prend le besoin de rire immensément.

XIFERT

Oui, mais le brigand en jouit mêmement ;
Il sonne, sonne encor la messe commencée ;
Lorsque le son s'éteint elle est fort avancée.
De sorte que la foule, en entendant sonner
Cette cloche de loin, se met à cheminer
Lentement et reçoit, bien après l'évangile
La messe, ce qui fait ressembler à l'asile
Ouvert pour le péché notre chapelle ainsi.
On le sermonna fort. Il dit : je n'ai souci
Que de sonner, je dois sonner, et bien je sonne.
Je suis dehors et non dedans. Ainsi raisonne
Le parpaillot ; il sait quand il faut commencer
Et ne veut pas savoir le moment de cesser.
Qu'en pense. Monseigneur ?

LE MARQUIS

Que son bras se fatigue
En n'usant dans ses sons de quelqu'honnête digue.
Enfin j'aviserai.　　　　　(Il va pour s'éloigner. Xifert le retient)

XIFERT

Monseigneur n'a pas dit
Ce qn'il me faudra faire à l'égard du bandit
De bonne et brave souche....

LE MARQUIS

Il faudra l'entreprendre ;
L'amener au manoir, et, ne pouvant le pendre,
Il fera pour un mois son logis de la tour
Où l'on mettait jadis quelque vague Timour,
Prenant pour basse-cour à sa guise mes terres.

XIFERT

La prison est au roi tout comme les galères,
Et le prendre n'est pas facile, Monseigneur.

LE MARQUIS

Mes valets sont à toi pour être l'oiseleur.

XIFERT

Je vous obéirai, mais ne pourrez-vous être
Dans une heure environ à l'endroit où ce hêtre
Mort étend sur le sol son corsage verdi ?
Ce rond-point mène chez le meunier Dersandi.
Chez lui de Fegel Bras va dans la matinée
Et revient en passant par la même trouée.
Mon embuscade ici je vais sous peu dresser.

LE MARQUIS

J'y serai, comptes-y pour mieux le forlancer.

　　　　　　　　　　　　　　　　　　　　(Il s'en va)

XIFERT (seul)

Monseigneur est un veuf aimant beaucoup à rire.
Il le gardera juste assez pour en médire.
Allons ; sous peu de temps il nous faut revenir.
Notre jeune voisin n'a qu'à se bien tenir.
Mais il faut se hâter, courons dire à la femme
Que l'heure du diner éprouvera du dame.

　　　(Il s'éloigne - Arrivent, se rencontrant, une vieille femme et une
　　　　　　　　　　　　　　　　　　　　　jeune fille).

SCÈNE II

Françoise, Perrine.

FRANÇOISE

Vieille tante Perrine, où vas-tu de ce pas.

PERRINE

Tout bonnement Françoise, où jamais tu ne vas.
Chez notre minotier. Heureuse tu l'es certes ;
Bien nourrie, habillée et jamais quelques pertes
D'usure ayant façon n'altèrent ton argent.
Mais te voir en ce lieu, cela fort me surprend.
Si loin de ta maison au milieu d'un bois sombre.

FRANÇOISE

A sa tante l'on ne peut rien laisser dans l'ombre.
D'une grande aventure on me voit le pivot.
Bien souvent je voyais ce brillant parpaillot,
Notre voisen, roder autour de la demeure
Où je trouvai ma place étant encor mineure,
Partageant les plaisirs, les petites douleurs
De Reine de Benfart, la plus belle des fleurs
Qu'enfanta pour le jour notre terre bretonne.
Je le guettais, pour lui je me fis espionne.
Ma maitresse adorait la lisière du bois
Qui nous voit. Nous causions toutes deux à mi-voix,
Quand je l'accompagnais dans cette solitude,
Tant l'ombre en majesté dictait notre attitude.
Plusieurs fois j'aperçus dans le feuillage épais
Deux yeux étincelants de la couleur du jais.
J'en fis part, une fois, à demoiselle Reine.
Sitôt elle dit bas : reste donc à la traîne
De mes pas un instant, puis va te faufiler
Dans le bois contournant l'objet à dévoiler.
Elle riait, ma foi. Je fis taire ma crainte.
Quelques instants après, la vérité, sans feinte,
Je la dévoilai. Le sire de Fegel-Bras
Lui dis-je est amoureux très fol de vos appâts.
C'est la dixième fois que je vois cette flamme
Tombant des mêmes yeux au devant de leur dame.
Et tu ne m'as rien dit, je devrais te chasser.
Mais il est parpaillot, dis-je. Ciel le classer
Parmi nos grands seigneurs, lui découvrir du charme.
Soudain, elle fut grave, elle eut presqu'une larme.
Soizic, je le connais pour l'avoir recontré
Dans ses chasses, il est beau, jamais désœuvré ;
Ses terres il cultive et prend soin de sa mère.
Il est pauvre, il est vrai, c'est une chose amère.
Je devins soucieuse....

PERRINE

Oh ciel ! elle aimerait
Ce malheureux. Sa mère anglaise encore était
De quelque dix-sept ans et n'a cessé de l'être
De cœur, j'en jurerais. Ce fils, on l'a vu naître
Dans vieille Angleterre. Une grande beauté
Dans la mère fit qu'un songe de jour d'été
Devint pour un breton un grand jour de liesse.
De Fegel Bras, alors de petite richesse,

Quoique noble, venait de recevoir du roi
Pouvoir de commander sur mer avec l'octroi
D'un léger brick de guerre. Il revint se démettre
De ce grade et s'en fut. Il avait dû promettre
A sa belle en attente un retour fort prochain.
A ce moment, je sais, il était orphelin.
Cela n'excuse pas sa trop grande faiblesse ;
En partant à Luther il donna sa tendresse,
L'édit Nantais le vit revenir près de nous.
Le reste, tu le sais, il se prit de courroux
Avec un officier de marine royale,
Se battit avec lui, fut blessé d'une balle,
En mourut sans pouvoir redevenir chrétien....

FRANÇOISE

Tante, c'est à moi de terminer l'entretien.

PERRINE

Ah oui. Tu n'as pas dit le motif de ta présence
En ce lieu. Conte-le.

FRANÇOISE

J'enfreins une défense
En te le racontant. Reine veut écouter
Causer de Fegel-Bras et, pour bien ajuster
Ce désir à sa vie, en honneur mais sans gloire,
Mademoiselle Reine a pris comme accessoire
L'habit d'une paysanne et montre cheveux gris,
Lunettes de couleur et vieillot gazouillis.

PERRINE (l'arrêtant d'un geste)

C'est un désir d'amour.

FRANÇOISE

Désir de le connaitre,
Savoir si son ramage à la même fenêtre
Que son plumage peut en elle figurer.
Chaque jour, à cette heure, on peut voir pénétrer
Henri de Fegel-Bras en ce bois et se rendre
Chez notre minotier chargé par lui de vendre
Le produit de sa chasse. En revenant il prend
Le même chemin....

PERRINE (continuant)

Puis, ta maitresse l'attend
Ici pour lui parler. C'est facile à comprendre ;
L'ombre fait croître encor le plaisir d'entreprendre.
Dès qu'il aura passé tu cours la prévenir.

FRANÇOISE

Oui.   (Regardant dans l'allée)

Tante, le voici, je ne vais pas moisir.

(Elle s'enfuit; Perrine continue sa route. Arrive Henri de Fegel-Bras
Il s'arrête et s'assied sur l'arbre abattu).

SCÈNE III

HENRI DE FEGEL-BRAS (seul)

Que ces bois sont bien beaux. Luxe de la nature,
Nature usurière en mal de son usure.
Heureux leur possesseur. Cet homme a tout pour lui.
Quand il brille un soleil lui donne son appui
En échauffant sa terre, illuminant ses cimes :
Ses baisers, pour lui seul, semblent être des dîmes.
Que le ciel, pour lui seul, laisse errer sur le sol.
Comme la Colombe en son célèbre vol,
Emporta vers Noé la dime d'un vieux monde,
Retrouvé pour lui seul, victorieux de l'onde,
N'est il aussi seigneur, victorieux du sort,
Encor pour mon malheur de si caustique abord.
Cependant en méchant on ne le considère,
Et sa causticité vient de son caractère.
Il rirait fort au nez de mes prétentions ;
Dix sept arpents de terre, un des cinq bastions,
Dont s'enorgueillissait le premier de ma race,
Quand parmi les croisés il osait prendre place ;
Encor est-il branlant du côté du midi.
Et ma mère la-bàs était une lady
D'Ecosse avec un lac et de vastes bruyères,
Que prirent sept enfants en en comptant les pierres,
Lorsque la mort leur eut permis de les compter.
Je n'ai rien à penser, encor moins projeter.
Reine a toute ma vie Oui, cela devait être ;
Ma mère l'a compris, me pousse à disparaître.
Ce mal, m'a-t-elle dit a de l'ombre au soleil,
Cela croît sur le mur où s'efface vermeil,
Pour toi. mon pauvre enfant, je crois à l'ombre seule ;
Laisse moi, même outil sur la semblable meule,
Avec trois serviteurs, je saurai repasser.
Tu n'es indispensable. Et je veux refuser
Ce double sacrifice : amour de cœur, de mère,
Ce serait trop amer de mettre en même terre,
Un passé si vivant, un avenir si beau,
Si beau mais qu'il est loin.... Bah, est-ce bien nouveau
Qu'un berger fut longtemps à trouver sa bergère ?
Leurs troupeaux n'allaient pas ensemble à la légère,
Consultaient pour cela l'allure de leurs pas.
Puis un coude arrivait qu'on ne connaissait pas ;
Les troupeaux s'enmêlaient, et les cœurs moins timides
Le bénissaient ce coude écraseur des bastides
D'un parpaillot peut on faire un catholicon ?
Ça, vraiment, pourquoi pas ? Mon père en fit le bond.
Quand l'amour l'appela sur les bords de la Touide.
En ce même chemin serai-je plus timide
Quand l'amour me dira de le faire à rebours ?
Tiens, cette vieille....

SCÈNE IV

Henri de Fegel-Bras ; Reine de Benfart, déguisée en vieille paysanne.

REINE (en aparté)

Oh ciel, il n'a fait son parcours.
Me voici devant lui. Que je songe à mon âge ;
Il ne connaît ma voix....

(D'une voix un peu chevrotante)

Jeune homme ce passage
Mène t-il au manoir du marquis de Benfart ?

HENRI

Femme, vous avez fait un bien mauvais départ.
Vous lui tournez le dos. S'il s'agit d'une aumône,
D'un conseil à donner, il n'est pas de personne
Plus capable en cela qu'une de Fegel-Bras,
Ma mère. Son manoir s'aperçoit de là-bas ;
Ce chemin y conduit. Si l'aumône est petite,
Le conseil, en revanche, aurait quelque mérite.
Fort pauvres, bonne femme, à la ronde on nous sait ;
Mais nous ne traînons pas en face d'un bienfait.

REINE

Non. Je veux simplemeut voir demoiselle Reine,
La fille du marquis, demander qu'elle prenne
Ma fille à son service au moins pour quelque temps.
Son mari. bien blessé, ne pourra de longtcmps
Reprendre son service et nourrir se famille :
La connaissez vous bien ?

HENRI

Je connais sa mantille,
Son port vraiment de reine et ses profonds yeux bleus,
Le profil éclatant....

REINE (continuant pour lui)

De son visage heureux.
Messire je n'ai pas soixante et deux ans d'âge,
Sans savoir reconnaître un amour de passage....

HENRI

De passage tu dis, vieil, informe débris.
Tes yeux n'ont jamais vu l'objet de ton mépris ;
Sans cela tu saurais qu'elle est plus près de l'ange
Que de la femme et que, lorsqu'un regard la frange,
Elle s'impose à lui pour une éternité....
De passage... éloigne-toi. Vrai. vers sa bonté
Tu ne mérites pas qu'un homme te dirige.

REINE

Maintenant, je sais bien ce que c'est qu'un prodige.
La médaille, seigneur, n'aurait elle un revers ?

(En ce moment un sanglier passe près d'elle,
poursuivi par deux paysans)

Oh ciel, nn sanglier.

(Ses lunettes tombent, malgré elle sa taille se redresse).

HENRI (stupéfait la reconnaissant)

Vrai Dieu, dans l'univers
Verrait-on mon pareil parmi les plus coupables !

REINE

Un revers de médaille en signes plus blâmâbles
Pourrait-on rencontrer au sein de l'univers.

HENRI (riant avec elle)

Oh, Damoiselle, vrai qu'il me plaît ce revers !

REINE

Sans, lui certainement, cette pauvre médaille,
Perdue en le beau vert que ce bois avitaille,
Serait pour vos deux yeux restée au firmament
S'il me faut croire à l'ange en vérité charmant....

HENRI

Charmant de vérité, vous pouvez bien le croire.
Que ce déguisement me couvre de sa gloire,
Gloire qui m'a vu naître au temple de l'amour,
Baptême glorieux issu d'un carrefour....

REINE (souriante)

Parpaillot !

HENRI

Parpaillot ! Oh que ce mot est vide,
Reine, devant vos yeux, la foi n'est impavide ;
L'Evangile, la Bible ont tout deux mêmes traits
Pour moi près de ce livre ouvert par vos attraits.
D'ailleurs, vous n'igorez, mon père catholique....

REINE (l'interrompant)

Oui, je sais ; par amour il se fit héritique,
Et vous me promettez par semblable raison
De tomber dans mes bras en brûlant sa maisou,
Ce qui n'est d'un bon fils....

HENRI

Raillez, un peu moins, Reine.

REINE

Et votre mère ?

HENRI

Elle est pour cela bien sereine.
A mon père mourant elle fit le serment
De me laisser fort libre en semblable moment.

REINE

Alors, mon cœur, Henri se donne à vous sans gêne.

(Arrive un garçonnet tout courant)

HENRI

Georget, qu'arrive-t-il ?

GEORGET

Xifert vers vous s'amène.
Messire il déclarait, à l'instant devant moi,
Qu'il allait contre vous sévir selon la loi.
Je le vois, je m'enfuis.

HENRI (riant bas)

Reprenez vos lunettes,
Et, tout comme à l'instant, remettez vous en miettes.
Je suis fautif encor, mais il ne verra pas,
Dans mon carnier ce que j'ai mis de perdreanx bas.

(Tout haut)

Vieille, je vous le dis, pour parler à la fille
Du marquis....

SCÈNE V

Les mêmes — Xifert

XIFERT

Bien cela, je vous prends en famille,
La vieille ira, sous peu, vendre au marché voisin
Ou peut-être au marquis le rapt d'un beau coquin.

HENRI

Coquin, tu dis coquin, affreuse créature,
Tous ces hôtes des bois ne vont qu'à l'aventure ;
Le matin sont à moi, le soir, peut-être, à toi.

XIFERT

Qu'importe l'aventure ; ils sont tous à la Loi.
Mon maître veut pour vous que je sois très sévère ;
M'ordonna, ce matin, si loin de la lisière
De votre maigre terre on vous voyait chasser,
De me saisir de vous, et, sans tergiverser,
De vous mener à lui.

HENRI

Voyez donc ce bonhomme,
Qui voudrait avoir l'air d'être roi d'un royaume,
Où le verbe est protèt et prévot à la fois.

XIFERT

Et cette vieille aussi, n'aura non plus le choix
De sa route et sera sous peu votre compagne.
Qu'en dites-vous la vieille ?

HENRI (riant)

Avec elle on ne gagne
Qu'en faisant ses cinq doigts grimacer à loisir
Autour de son oreille. Elle est sourde à ravir
Celui qui, comme moi, ne voudrait vous entendre.
Finissons-en, Xifert. Vous ne pouvez prètendre.
Seul, à me mener vers mon si brillant voisin,
Puisque je n'y souscris. Passez votre chemin,
Ou craignez de ma part quelqu'avis plus sévère.
En un mot en moi germe un accès de colère.
Fuyez, vous dis-je.

XIFERT

Eh bien, ma foi, tant pis pour vous.

(Il s'éloigne. Henri et Reine sont silencieux)

HENRI (reprenant)

Que va-t-il arriver ?

REINE

J'ai bien peur. Cachons nous.
Il va nous revenir escorté d'une garde
De vingt hommes au moins

HENRI

Fuyez que Dieu vous garde.

REINE

C'est trop tard. Regardez, nous sommes entourés.

HENRI (armant son mousquet)

Sûr je vous défendrai

REINE (se redressant à demi)

Nous sommes emmurés,
Mettez moi cela bas. Obéissez. J'ordonne.
Je ne veux de conflit aujourd'hui pour personne.
J'arrangerai l'affaire. Oh ciel mon père aussi.

(Elle s'évanouit. Ses lunettes roulent sur le sol. Henri penché sur
elle, la cache au marquis)

SCÈNE VI

Les mêmes, le marquis. Xifer, Françoise, Perrine, Madame de Fegel-Bras.

LE MARQUIS

Que disais tu, Xifert, que je verrais ici
Une vieille avec lui, l'ouïe à faire fendre
Du bois, tout auprès d'elle, avant de l'entreprendre.
Une vieille si vite en pamoison ne choit.

(Il s'approche)

Corbleu, c'est mon enfant, ma fille en cet endroit !

(Il arrache Henri)

Encerclez ce brigand. Ne le perdez de vue.

(Arrivent en courant Françoise et sa tante Perrine)

FRANÇOISE

Monseigneur, laissez-moi. La voici qui remue.
Elle revient.

LE MARQUIS

Bien. Bien. Françoise laisse là
Aux bon soins de ta tante et dis moi le gala
Dont ma fille, à la fois, est coupable et victime.
Mais viens un peu plus loin. Mon émoi légitime,
Demande à pardonner et sévir à la fois.

(Il se met à l'écart. Françoise le suit)

FRANÇOISE

Je suis coupable un peu…. Monseigneur, je conçois.

LE MARQUIS

Tu conçois beaucoup trop. Allons parle plus vite
Dis mois la vérité toute nue et n'hésite.

FRANÇOISE

Bien souvent, monseigneur, votre fille aperçut
Henri de Fegel-Bras et ce voisin lui plut.
Elle l'aima de loin. Jamais une parole
Jusqu'à ce jour n'avait pu la trouver frivole
Dans cet amour éclos à travers nos grands bois.
Et je dis, devant Dieu, pour la première fois,
Monseigneur, votre fille avec son amant cause.

LE MARQUIS

C,était pour avec lui causer, je le suppose,
Sans qu'il la reconnut…

FRANÇOISE

Justement, monseigneur

LE MARQUIS

Et lui, que faisait-il ce singulier voleur !

FRANÇOISE

Il se glissait souvent….

LE MARQUIS

Comme fait une anguille.
Il venait braconner dans les yeux de ma fille.

FRANÇOISE (souriante)

Un peu comme cela. Mais je l'ai découvert.

LE MARQUIS

Dès ce moment il dut renoncer au concert
Des yeux qu'il se donnait au sein de ma famille.

FRANÇOISE

Pas tout à fait, mais presque.

LE MARQUIS (se parlant à lui-même)

Oui c'est encor ma fille.

(Reine, revenue à elle, s'avance vers son pére)

LE MARQUIS

Ma fille, je sais tout.

REINE

Non cela ne se peut.
Françoise n'a pu dire au ciel ce qui se meut.
La femme se propose et Dieu seul en dispose.

LE MARQUIS

En si peu de temps.

REINE

Le temps n'importe à la chose.

LE MARQUIS

De mon temps on allait un peu plus lentement.

REINE

Papa, je voulais le connaitre exactement,
Sans moi-même, pourtant, me faire reconnaitre.
Mais voici qu'au moment intéressant pour naitre,
Un sanglier s'en vint à passer près de moi,
Si près que dans ma peur, mon visage en émoi
Mes lunettes ne put supporter davantage,
Et que ma taille enfin reprit son avantage.
Il s'humilia fort...

LE MARQUIS

Et te prit dans ses bras

REINE

Vraiment, il ne s'est pas permis tant de fracas
A la porte d'un cœur....

LE MARQUIS

Déjà fort ébranlée.

REINE

Mais non ; tout simplement nullement crénelée.
Il y frappa si fort que ce cœur s'est donné.

LE MARQUIS

Reine, ce parpaillot doit être abandonné.

REINE

Le parpaillot est mort et sa mére avertie,
A cet amour donnant toute sa sympathie,
Lui permet de prétendre au rang de votre fils.

LE MARQUIS

Je présente un désert, tu trouves l'oasis.
C'est ton droit mais le mien est d'avoir de sa mère
Que sa décision à son cœur n'est amère.

(à Xifert)

Amène-moi, Xifert, ce trop joli fripon.

(à Henri de Fegel-Bras qui s'avance avec Xifert)

Comme cela, Monsieur, vous pillez ma maison,
Pour votre bon plaisir vous prenez mon domaine
Le mousquet pour le bois et pour l'étang la senne ;
Pour les petits lapins un rat blanc, fureteur,
Qui force le lapin en reniflant sa peur
A sortir de son trou pour se faire entreprendre.
Le jour ne vous suffit. vous nous faites entendre
Tout aussi bien la nuit le bruit de vos exploits.
Non content de cela, vous soufflez sur nos toits
En faisant votre cour dans les branches du hêtre.
Ou dans les carrefours en essayant de naître
Par un gentil salut nuancé de respect,
Ou d'un pressant amour prenant parfois l'aspect.
Puisque vous ne vouliez rester en hérésie,
Que ne veniez-vous donc satisfaire à l'envie
Qui vous prenait si fort de faire un héritier
Ou plusieurs à ce vieux marquis votre hôtetier ?

· HENRI

Marquis. mon grand voisin et quelque peu mon maitre,
Ce ne fut pas toújours pour le désir champêtre
De parcourir vos bois ou d'être grand chasseur
Que pendant si longtems je m'offris ce bonheur.
Je voulais être vu de votre aimable fille,
Ou bien caché m'offrir un pan de sa mantille,
Quand le hasard voulait ne donner que cela ;
Tout autant amoureux que chasseur .... et voilà
Tiens, madame ma mère.

(Le marquis ôte son chapeau et va au devant d'elle)

LE MARQUIS

A quel motif, madame,
Devons nous cet honneur ?

MADAME DE FEGEL BRAS

A la crainte d'un drame.
Mais Monsieur le Marquis, veuillez donc vous couvrir

Tout à l'heure je vis un paysan accourir
Vers moi me raconter que mon fils en chicane
Se trouvait en ce lieu. Mais que vois je ? En paysanne ?

LE MARQUIS

Ma fille. Vous et moi nous sommes malheureux ;
Je vous dirai le tout en des jours plus heureux.

MADAME DE FEGEL-BRAS

Le ton, chez vous, Marquis, dément fort les paroles.

LE MARQUIS

Allons. je vais au but. Ce ne sont fariboles ;
Madame, votre fils de ma fille amoureux
Déclara. devant moi, qu'il serait très heureux
D'épouser mon enfant et que ce mariage
Aurait votre agrément de cœur et sans nuage.

MADAME DE FEGEL-BRAS

Oui, Monsieur le Marquis, il ne vous a menti.
En mourant mon époux ayant fort pressenti
Qu'aisément notre fils ici n'aurait de femme
Que s'il consentait à même foi que sa dame,
M'a fait jurer de lui laisser la liberté
Dans le choix d'une épouse.

LE MARQUIS

Alors c'est accepté.
Madame, votre fils va devenir mon gendre
Dans un petit quart d'heure.

MADMAE DE FEGEL-BRAS

Oh ! pouvez-vous prétendre.
Monsieur le marquis, à les marier ainsi.
En robe de cheval vous me voyez ici ; *
Mon fils est en chasseur.

LE MARQUIS

Ma fille est en paysanne.
Nous ne sommes, Madame, ici dans la savane,
La chapelle n'est loin.

A HENRI

Pour la dernière fois,
Mon fils, allez sonner.... moins longtemps qu'autrefois
Le chapelain. ce son l'amène à la chapelle,
Pour vous y marier

A REINE

Que dit Mademoiselle ?

REINE

La parole d'argent ne vaut silence d'or ;
Un père comme toi vaut le plus beau trésor.

(Elle l'embrasse)

www.ingramcontent.com/pod-product-compliance
Lightning Source LLC
LaVergne TN
LVHW021609170726
843501LV00010B/3941